JULES DE GÈRES

LE CŒUR

D'UN

ENFANT

ÉTUDE

Extrait de la *Revue de Toulouse et du Midi de la France*.

BORDEAUX

G. GOUNOUILHOU, IMPRIMEUR DE L'ACADÉMIE

ANCIEN HÔTEL DE L'ARCHEVÊCHÉ, RUE GUIRAUDE, 11

1862

LE CŒUR D'UN ENFANT

—

A MONSIEUR STANISLAS DAVID

LE
CŒUR D'UN ENFANT

ÉTUDE

— « A côté de Papa! » — dit Claire, — et, la première.
Abandonnant, épars sous la blonde lumière,
Les hochets qu'un rival s'attribue en vainqueur,
Elle s'élance, et va, d'un bond parti du cœur,
A la place enfin libre et qu'en titre elle espère,
S'asseoir joyeusement à côté de son père,
S'emparer de sa main, fouler sur ses genoux
Des boucles d'or voilant un œil tendre et jaloux,
Qui semble dire, avec une fierté sacrée :
— « Mon bonheur est à moi pour tout une soirée! » —

Là, sur un tabouret, à l'angle d'un bon feu,
Loin du globe éclatant arrondi sur le jeu,
Contre le grand fauteuil discrètement assise,
Elle suit vaguement l'étincelle indécise,
Savourant son bien-être, ignorant l'avenir,
Et que ce doux moment, comme tous, doit finir;
Elle est heureuse, enfant, de se sentir aimée,

D'avoir, selon ses vœux, à l'ombre accoutumée,
Cet amour dans son cœur, cette main dans sa main ;
De ne rien désirer, si ce n'est, pour demain,
Là même place encore à la même veillée,
Et, plus tard, en avril, sous la tiède feuillée,
Par l'univers borné que sa vie occupa,
D'être toujours, partout, — à côté de Papa ! —

Dans ce frais paradis qu'habitait la famille,
Qu'on sillonnât les champs, qu'on lût sous la charmille,
Qu'on effeuillât le buis, la rose, l'oranger,
Qu'on remplît les paniers des fruits mûrs du verger,
Qu'on mît la voile au mât sur le courant tranquille,
Qu'on prît le char léger pour descendre à la ville,
Qu'on goûtât dans les bois, qu'on soupât au château, —
— Sur l'herbe, à table, à pied, en voiture, en bateau,
Claire, du privilége, avide et jamais lasse,
Comme un droit incessant revendiquait sa place ;
Elle y courait, timide, émue ; et chaque fois
Jetant son âme en fleur dans l'essor de sa voix,
Vermeille d'un plaisir dont sa joue est la preuve,
Plaisir sûr, bien connu, qui, défiant l'épreuve,
Depuis bientôt neuf ans jamais ne la trompa,
Elle disait gaîment : — « A côté de Papa ! » —

O cœur humain ! malgré sa tendresse d'épouse,
La mère, — avec regret, — en devenait jalouse.
Pauvres enfants, parfois, que de mal ils nous font !
Ce sentiment si vrai, si naïf, si profond
Pour un autre, affectait sa bonté délaissée ;
Elle s'en avouait secrètement blessée ;

Mais portant noblement sa crainte, elle enfermait
Dans le sein maternel le chagrin qui germait.
Affectueux, serein, pour l'ingrate qu'elle aime
Son accueil indulgent était resté le même,
Jamais son front égal d'un pli ne se veina,
Pas une plainte, un mot; — mais Claire devina.

Il est si pénétrant, l'amour pur de l'enfance !
Susceptible pudeur, un doute seul l'offense;
Inquiet, vigilant, son instinct a touché
Sous l'effort bienveillant le matyre caché.

C'en est fait : Désormais, attentive, prudente,
Claire va réfréner cette parole ardente,
Ces éclats expansifs, ce cri des soirs heureux!
Sacrifice charmant, sublime, rigoureux,
Elle s'imposera, par égards pour sa mère,
Une privation bien dure, bien amère;
A côté de son père, encore, aux jours élus,
Elle ira bien s'asseoir, — mais ne le dira plus.

C'était un vrai serment, de ceux que tient la vie.
Elle lui fut fidèle, et vainquant son envie,
L'habitude puissante, et l'agitation
De son être, — aux attraits de la tentation
D'une volonté ferme elle opposait l'empire :
Elle embrassait sa mère, avant; — et, sans rien dire,
D'un pas insinuant, séducteur, mesuré,
Aboutissait quand même au poste préféré. —

Le temps fuit, l'âge vient, et le bonheur échappe.

Dieu, qui voit seul pourquoi sa justice le frappe,
Quand l'innocence en pleurs le sacre et le défend,
Sait, en touchant plus haut, briser un frêle enfant.
Le père bien-aimé mourut. — Ce triste monde
Est plein de ces douleurs! — Dans une ombre profonde
On se rencontre, on s'aime, on se quitte; — et c'est fait.
Mais Claire!.... pauvre Claire!.... Ah! langage imparfait,
Quel coup de foudre!.... mort.... lui!.... cet ami si tendre,
Ne le plus voir jamais, ne plus jamais l'entendre!
En vain redemander, luttant d'un fol espoir,
Ces transports du matin, ces étreintes du soir,
Ce pain fortifiant, dont, pour chaque journée,
Elle se nourrissait depuis qu'elle était née!
Sur la réalité, loin des songes brisés,
Ouvrir soudainement des yeux désabusés,
Rompre avec l'âge enfant, les douces quiétudes,
Tomber du nid choyé des calmes habitudes;
Apprendre avec stupeur, près du lit paternel,
Que tout cesse, que rien ne demeure éternel,
Qu'on peut quitter ainsi, tout d'un coup, ceux qu'on aime,
Et qu'on ne revient pas, et, — résistance extrême, —
Ne pouvoir s'expliquer ce que c'est que mourir....
Quelle harpe dirait ce qu'elle eut à souffrir!

Par des tourments voilés tout abîme commence.
Ce fut d'abord un vide, une surprise immense :
Sous le trait imprévu lancé pour l'atterrer
Elle ne pleurait point, — on ne peut pas pleurer! —
C'était une incertaine et navrante folie
Qui discute le fait, le conteste, l'oublie;
Elle ne voulait pas vous croire, arrêt divin!

Elle attendait.... Mais quand la certitude enfin
Subjugua son esprit, que de larmes!.... — La terre,
Impitoyable gouffre où dans un long mystère
Depuis six milliers d'ans, coulent ces rudes flots,
Fait-elle, aux cieux muets, retentir leurs sanglots?
Entendait-il ceux-là, lui, leur cause innocente?
Ces adieux montaient-ils jusqu'à son âme absente?

Quel but est donc le vôtre, éternelles Douleurs!

Bientôt, — se recueillant, — Claire dompta ses pleurs.
Elle se montra grave, ayant son pur visage
Éteint, — mais résigné. — Formidable présage,
Symptôme accusateur d'intimes brisements,
Trop fait pour éveiller d'amers pressentiments!

O Résignation, qu'il faut qu'on te redoute!

Elle abordait sa mère en souriant; — sans doute
Elle ignorait, — novice en ces poignants combats, —
Qu'il est un cœur surtout que l'on ne trompe pas,
Cœur tremblant, dont nul masque et nulle prévoyance
N'abusent un instant l'active clairvoyance!

Mais, la laissait-on libre, elle allait, en secret,
Près du foyer désert poser son tabouret,
Et, courte illusion, retour du temps prospère,
Voir son père, au fauteuil où s'asseyait son père,
Lui parler, lui donner, tout bas, comme autrefois,
Les noms les plus aimés, de sa plus douce voix,
L'appelant, s'étonnant qu'il ne vînt pas répondre

Lorsque pour lui d'amour elle se sentait fondre,
Pensant : — « Le pauvre cher ne songe plus à nous !.... » —
Et puis, sur le parquet se jetant à genoux,
Elle demandait grâce, elle implorait encore,
S'écriant : — « Toi qui vois que ta fille t'adore,
» Père, s'il te souvient à quel point je t'aimais,
» Comment, pour m'embrasser, ne descends-tu jamais ?.... » —

Elle restait alors en prière, épuisée,
Et, comme par l'excès la crise est apaisée,
Essuyant ses beaux yeux, où tout restait écrit,
Elle sortait en hâte, avant qu'on la surprit.

Bien jeune, et cependant frappée, inébranlable,
Claire expérimentait ce mal incalculable
D'enfermer ce qu'on souffre, en soi, — de l'y sceller,
Et de le savoir seul, et de n'en point parler.

A tromper avec art sa douleur immobile,
A force de constance elle se fit habile,
Et pour se retracer tous les bonheurs anciens
Son génie assidu créa mille moyens.
Patiente, et montrant une énergie étrange,
Au cours de sa tristesse elle imposait le change,
Y retrempant sans cesse, avec ténacité,
Le ressort de sa force et de sa volonté.

Des jeux, qui, lui présent, l'avaient tant amusée,
Elle se composa comme un pieux musée,
Où les jouets nouveaux, qu'on offrait sans succès,
Même pour leur exil n'eurent jamais accès.

Le tiroir où naguère, en désordre groupées,
S'entassaient pour l'oubli les défuntes poupées,
L'asile des babys usés, des vieux sujets,
Devint un reliquaire où les moindres objets,
Un gant, un bout de lettre, une enveloppe, un livre,
Témoins glacés, flétris, mais qui l'avaient vu vivre,
Jadis à son usage, ou qu'il avait touchés,
Furent, avec respect, soigneusement cachés.
Bientôt, de ces joyaux, Claire emplit une armoire!
Elle les ordonnait, les comptait; — sa mémoire
Y rapportant les lieux, les dates, les moments,
Ravivait un passé fleuri d'enchantements;
Et, remontant la rive en chantant parcourue,
Rentrait dans cette enfance à jamais disparue!
Elle se souvenait de tout, avec amour,
Chaque relique avait sa légende, son jour,
Et, quand sous l'humble alcôve où son deuil les révère,
Elle redescendait de ce touchant Calvaire,
Le meuble refermé, ses yeux gardaient encor
Un éblouissement du lumineux trésor!

Et quelle occasion ne stimulait son rêve?
Aux Rois, se trouvant reine, elle emporta la fève
Et la mit en cachette au bas de *son* portrait.
Que de fois, essayant un inhabile trait,
Lassant sur le papier sa main mal assurée,
Elle tenta d'avoir la tête vénérée!
Mais, à son désespoir, l'effort répondait : Non.....
Un matin, sur la vitre ayant écrit *son* nom,
Elle eut peur d'affliger le regard de sa mère,
Et raya promptement la gelée éphémère

Qui découpait ce nom dans un ciel pâle et pur,
Effaçant, le cœur gros, l'inscription d'azur,
Mais sachant, quand un souffle aurait fondu la glace,
Qu'en un cristal plus tendre elle avait une place
Où ce nom, mieux gravé, ne s'effacerait pas.
Ne se lisait-il point, d'ailleurs, à chaque pas !

Elle attachait toujours à son simple corsage
Un nœud bleu, prix gagné par un grand mois bien sage,
Et que pour sa toilette *il* avait trouvé bien.
Le jour, la nuit, sur elle il lui fallait un rien
Venant de lui ; c'était son talisman fidèle ;
Elle veillait, dormait, sous la tendre tutelle.
Aux jardins, où souvent sa voix les lui nomma,
Seule elle avait le soin des plantes qu'il aima,
Seule elle en rapportait, piété véritable,
Aux heures du travail une fleur pour sa table,
Y joignant un baiser d'un élan plein de foi,
Et disant : — « Nous rentrons, ami, voici pour toi ! » —
Spectacle attendrissant que le Seigneur contemple !

Sur le riant sentier qui monte vers le temple
Où tous deux le dimanche en causant se rendaient,
A sa rencontre, un jour, des pauvres descendaient :
L'un dit : — « Ayez pitié, si vous êtes sa fille !
» Il était le sauveur, le bras de ma famille,
» Nous l'aimions tant, nous tous qui pleurons aujourd'hui !... » —

— « Il faut l'aimer encore et bien prier pour lui ;
» Est-ce qu'un si bon cœur, là-haut, nous abandonne ?
» Voyez, le peu que j'ai, c'est lui qui vous le donne ! » —

Répond Claire, et glissant deux bagues dans sa main,
Elle en bénit le ciel le reste du chemin.

Qui sut souffrir lui-même est bon pour ceux qui souffrent.
Au bord de l'égoïsme où tant de cœurs s'engouffrent,
Celui-là, le cœur sourd, ne vit point assoupi.
Rien ne nous fait cléments comme un malheur subi :
Et puisant dans le sien la pitié, la largesse,
L'enfant, qui progressait en douleur, en sagesse,
Par du bien fait pour *lui* sentait ses vœux comblés.
Lorsque, le soir venu, devant tous assemblés,
Aux pieds de cette Croix en qui la sienne espère,
Elle avait, à voix haute, à dire : — «Notre Père.... » —
Dans son gosier serré la force lui manquait :
Elle pensait aux deux qu'ensemble elle invoquait.....

Celui dont l'Olivier vit faiblir la paupière,
Ne te rejetait pas, ineffable prière !

Quand elle avait ainsi, dans un calme parfait,
Porté tout un soleil le poids qui l'étouffait,
Avant de s'endormir, baisant la trace aimée,
Elle approchait sans bruit de *sa* porte fermée,
Et frappait doucement en soupirant : — «Bonsoir ! » —

Mais la grappe éclatait sur le divin pressoir.
L'inconsolable amour brûlant cette jeune âme
La soulevait du sol comme une mince flamme.
D'une fièvre sans nom lentement embrasé
Le corps s'amoindrissait, par l'esprit écrasé.
Rien ne distraisait plus ce front terni, morose ;

Chaque larme, en roulant, détachait une rose,
Et fixait la pâleur du marbre sur ce teint.

Ainsi, du vif acier profondément atteint,
Meurtri dans sa racine aux sources de sa vie,
Sans l'ombre indispensable à ses branches ravie
Sèche le rejeton de l'arbre terrassé.

Par le cœur de l'enfant la hache avait passé !

Un soir, ayant couvert le portrait de caresses,
Elle arrangea l'armoire, elle eut mille tendresses,
Embrassant un par un ses trésors adorés,
Les étreignant sans fin de ses bras égarés,
Les nommant tour à tour, s'en faisant reconnaître,
Comme de vieux amis qu'on va quitter, peut-être,
Et dont l'adieu s'épanche en un plus long regret;
Elle s'assit encor sur son cher tabouret;
Disposa double fleur sur *sa* table, une image
Aux rideaux de son lit, saint et suprême hommage,
Et se coucha, les mains sur son nœud de satin,
Mais ne se leva pas le lendemain matin.

Dieu fait, aux esprits purs, ce don qui nous surpasse,
D'apercevoir d'en bas les signes de l'espace,
D'entendre, sans trembler, le vol du séraphin,
Qui les heurte en silence, et leur prédit leur fin.

C'est une grâce, aussi, de mourir jeune : — on quitte
Bien peu; de la journée un matin vous acquitte.

Malgré le temps si court, la vie est quelquefois
Si longue !..... Heureux l'enfant dont la mort a fait choix !

Claire ne devait plus se lever. — Sa figure,
A son réveil, — céleste et déchirant augure, —
Laissant luire son âme au fond de ses yeux clairs,
Du triomphe annoncé reflétait les éclairs.
L'ange atteignait le seuil d'une auguste chimère,
Ses ailes frémissaient. — « Tu souffres ! » — dit sa mère.
— « Non, — j'ai souffert..... et crois, au rayon qui m'a lui,
» Que je vais m'envoler..... » — et plus bas : — « comme lui ! » —

Elle voyait la mort avec un doux sourire,
Mais on se doutait bien qu'elle aurait voulu dire
Une chose à sa mère, et qu'elle n'osait pas.....

De l'heure, cependant, courait l'affreux compas ;
Claire, prête à franchir la terrible frontière,
Pensait visiblement au lit du cimetière.....

— « Ah ! — dit-elle, élevant sa suppliante voix, —
» Si je vous demandais..... pour la dernière fois..... » —

Elle n'acheva point. — Dans l'embrasure ouverte
Brillait, sous les carreaux, la campagne encor verte ;
Au loin, le vieux clocher perçait l'horizon fin,
Et l'enfant y tournait ses yeux, son âme !..... Enfin,
Sentant gagner ce froid qui serre et paralyse,
Et comprenant, hélas ! qu'au chevet de l'église,
Dans l'enclos où dormait l'ami tant regretté,
Son pauvre petit corps allait être porté,

Elle voulut, d'un mot, couronner son ouvrage,
Et dans tout son amour mettant tout son courage,
Dit à sa mère, — ouvrant un cœur qui la frappa :

— « Mère ! demain..... — pardonne ! — à côté de Papa !.... » —

Bordeaux. — Imprimerie G. Gounouilhou, rue Guiraude, 11.